刘载爱 著

家乡

经济日报出版社

图书在版编目（CIP）数据

家乡 / 刘载爱著. -- 北京：经济日报出版社，2023.12
ISBN 978-7-5196-1373-0

Ⅰ.①家… Ⅱ.①刘… Ⅲ.①叙事诗—诗集—中国—当代 Ⅳ.①I227.3

中国国家版本馆CIP数据核字(2023)第227140号

家乡
JIAXIANG

刘载爱　著

出　　版：	经济日报出版社
地　　址：	北京市西城区白纸坊东街2号A座综合楼710（邮编100054）
经　　销：	全国新华书店
印　　刷：	北京天恒嘉业印刷有限公司
开　　本：	880mm×1230mm　1/32
印　　张：	6.125
字　　数：	65千字
版　　次：	2023年12月第1版
印　　次：	2023年12月第1次印刷
定　　价：	39.00元

本社网址：edpbook.com.cn　　　　微信公众号：经济日报出版社
未经许可，不得以任何方式复制或抄袭本书的部分或全部内容，**版权所有，侵权必究**。
本社法律顾问：北京天驰君泰律师事务所，张杰律师　举报信箱：zhangjie@tiantailaw.com
举报电话：010-63567684
本书如有印装质量问题，请与本社总编室联系，联系电话：010-63567684

静待惊雷充耳闻

叩问青天我是谁

目 录

自题 —— 001

前言 —— 002

第一章　谁人无家乡 —— 004

第二章　家乡新概貌 —— 010

第三章　童年的记忆 —— 023

第四章　难忘青少年 —— 039

第五章　务农在山村 —— 056

第六章　改革交响乐 —— 068

第七章　乡亲笑颜开 —— 076

第 八 章	村貌大变化 —— 086
第 九 章	体制定未来 —— 097
第 十 章	青山不负人 —— 106
第十一章	生活今非昔 —— 117
第十二章	人心在变化 —— 132
第十三章	人文在变化 —— 144
第十四章	党好国永昌 —— 165
第十五章	祖国再加油 —— 176

后记 —— 185

自题

六十多个春秋,
欣逢激荡盛世。

生在粤东深山,
长于闽粤大地。

甚幸十年卫国,
略知商海途歧。

细品家乡今昔,
试手弄文落笔。

聊涂点滴墨迹,
以慰过去时期。

莫徒日后伤悲,
故而与时努力。

欢叹无限时!

——作者

前言

崇山峻岭人依偎，
万木丛边袅烟吹。
土墙瓦屋星罗布，
难忘离乡曩[①]时醉。

家乡虽处小山村，
国是民乐一线通。
党略为民生活好，
聊录点滴蔚新风。

①曩（nǎng），彼时。

所历所见为主线,
描述家乡天地变。
真情实事一桩桩,
改革开放换新天①。

试笔并非求名享,
引玉同心建家乡。
才疏学浅有错漏,
冀君斧正唯祈望。

①指1978年改革开放之后的变化和改革开放之前的对比。

第一章
谁人无家乡

自古谁人无家乡?
呱呱坠地拥一方!
母怀十月诞为己,
思乡更是思爹娘。

华夏传承千万载,
一滴血脉天地长。
天子布衣或乞丐,
心中不忘是家乡。

人穷地瘦自然事,
莫嫌美丑多度量。
齐心移山泰山变,
合力才有新家乡。

游子无奈离家日，
都在村口回头望。
依依不舍仍离去，
或为家乡更兴旺。

人生在外虽为己，
家乡定是大后方。
迁时十载又十夏，
乡情乡愁入心肠。

有人家在京城内，
有人诞于小地方。
华夏大地都是家，
爱家护乡无两样。

操醒尘封旧时事，
并聊今日新辉煌。
畅想未来中国梦，
波澜壮阔涌东方！

一影时远知贫荒

远山近水初心在

妖娆山村写康庄

第二章

家乡新概貌

省城回乡到棉洋[①],
高速直通跨四方。
偏远一隅连世界,
幸福有赖共产党。

飞驰高速掠山岗,
满途苍翠披华装。
远山风车[②]苍天问,
近侧光电[③]送光芒。

①地名,作者家乡。棉洋镇因古时广种棉花和生产土布,又因地处平坦开阔的河谷而得名"棉洋"。
②高高耸立在山岗上的风力发电机,巨大的叶片直插蓝天,似与苍穹对话。
③高速公路两旁的屋顶上和山坡上出现了不少光伏发电设备。

多时未踏"老"县城①,
农田矮屋已无形②。
城域扩容变局大,
高楼、"鸟巢"③一应全。

纵横街巷织城宽,
广场公园④歌舞欢。
足球小镇⑤伴红木⑥,
私立校、院⑦待言暖。

①笔者记忆中的老县城。
②记忆中县城南北两边只有一段长约一千米的柏油马路与一片农田相连接,但现在巳经被高楼大厦所取代。
③现在不但有很多鳞次栉比的高楼,还有类似于鸟巢的现代化体育场馆。
④不但有不少住宅小区的广场,还有专门修建的老河道公园供市民健身游玩。
⑤作者所在县是"世界球王"李惠堂的故乡,在县城建有足球小镇。
⑥红木制品是家乡贤人的杰出商品,且红木基地和足球小镇相毗邻。
⑦有乡贤在县城兴办的私立学校办学成绩斐然,也有私立高等级医院即将投入使用。

・011・

一路南驰回家乡,
镇圩多已连村庄。
小街短巷旧貌在,
地摊店铺买卖忙。

村道弯曲硬底路①,
来往不乏新车辆。
时有重卡②轰隆过,
哪堪重压路多伤!

①混凝土道路统称为硬底化道路。
②经常有大吨位拉砖、砂、碎石的拖头大卡车在县道乡道上行驶。

李望嶂[①]下小村庄,
南北峡谷六里长。
人家百户田十顷[②],
荒田间有稻花香[③]。

山高林密披绿翠,
不见往日秃山冈。
多彩山花映天照,
鸟唱蝉和赛交响。

①"李望嶂"是粤东莲花山脉群峰之一,位于揭西良田乡和梅州市五华县交界处,海拔1222米,主峰四面悬崖。朝暮之间,山叠雾海,变幻无常。日出之际,朝霞红天,瞬息万变。冬如北方,雾凇垂驻,叠影重重,茫茫白色,如梦似幻,美不胜收。曾有人赞叹:"满目奇峰总可观,生发豪情千万丈。"
②常住100多户人家,稻田面积约200亩。
③绝大部分已弃耕丢荒,但偶有水田种了水稻。

羊肠马路高山上①,
汽车直通大门堂。
百户通车近九十②,
节日交通更繁忙。

"大奔"③摩托电单车,
人均拥量会咋舌。
街角深山都见到,
常遇车手七旬爷④。

①从山谷到山巅近300米海拔间有房屋的地方,基本都开通了公路。
②全村90%左右的房屋都连通了"羊肠马路",三吨以下货车能直达屋边。
③即奔驰牌汽车。
④经常能见到六七十岁的老人开车经过。

私井叠加自来水,
饮水安全有保障。
截污分流护生态,
风甜景美已平常。

屋高屋矮各异样,
黄白饰外有砖墙。
留家乡亲多老少[①],
三五聚玩笑容祥。

[①]百分之七八十的青壮年均外出务工,留守的多为老人和小孩。

小学设于两村间,
学子就近有学堂。
曾历并校惊乡梓,
政府体察免民慌。

黄色校车停村间,
朝接晚送已多年。
早教成为村常事,
多育梁栋能顶天。

圩镇乡下商铺多,
采买送货快递哥。
食用商贩吆声响,
供货就在村里头。

山村虽小新事多,
光伏进村^①耀山窝。
几群妪^②叟健步处,
绿道闲庭附小河。

①小村已有屋顶光伏发电。约 50% 的家庭和村道安装了太阳能路灯。
②妪（yù），老年妇女。

文化广场立村中,
节日戏影人潮涌。
闲时媪姁多健舞,
欢言笑语歌声宏。

离乡接近五十年,
村容美景胜从前。
开放春风吹不断,
家家户户颂党恩!

山村幼教新里程

红叶远唤他山近

小村依偎"李望嶂"

不见流水静听音

第三章

童年的记忆

"上五下五"两杠横①,
一幢瓦屋十六间。
常住十户人近百②,
今续裔孙已过千。

村里大屋"天福楼"③,
至今八代七万天④。
族人散居祖屋破,
面对先祖愧无言。

①客家地区小围屋:前后两排,中间都为厅,厅的两边各两房,前排后排之间为天井,上下两排房之间两边各一偏厅连接,形成回形屋,称为上五间正屋和下五间正屋。正屋左右各一幢纵式房,中间为厅,称为横厅,横厅两边各两房,称为横屋,与正屋接合处各一个天井,正屋横屋由檐边路和走廊连通,外设正屋大门和两个横屋侧门,整体安全围蔽。
②通常能容纳10户人家约80人生活。
③原居住的祖屋。
④祖屋始建于清道光中早期,即公元1826年前后,距今约200年,大概73000天。

各家兄弟姐妹多,
稻秆草席是睡窝。
哥姐旧服弟妹接,
不知新衣是什么。

几条红薯几两米,
白水加至半"镨锣"①,
老少碗里有米粒,
父母饭钵清似河②。

① "镨锣"（pǔ luó）：方言，一种似鼎但无足，两边附有活动提耳的铸铁炊具，主要用于煲汤煲粥。
② 吃饭时，父母碗里只有几块红薯和米汤，极少看到饭粒。

只要老人[①]走亲戚,
哭闹跟随不分离。
亲戚家里吃碗饭[②],
几月一回最爽时。

年少缺食辘饥肠,
时往小店盗饼赏。
终有一次被发现,
秋夜惧归屋后藏[③]。

[①]奶奶有时走亲戚,小朋友都会哭闹着要跟着去。
[②]农村家庭,只要亲朋戚友来访,再穷也会弄出半钵左右的干饭给客人享用。
[③]几个小孩都会这样,笔者也曾盗过,有一次傍晚因盗饼被发现而不敢回家。

童年最盼是过年①,
甜粄豆腐和肉丸②。
一家团圆除夕夜,
才闻酒香荤菜鲜。

"为啥年年都过年?"
奶奶话带苦涩甜。
传说爆竹驱"年兽",
并迎新福到家园。

①即春节。
②即年糕和客家特有的肉馅酿豆腐以及手工打制的猪肉丸或牛肉丸。

正月初一拜祖后,
索要红包过新年。
两分五分已不少,
乘着玩耍窃人钱①。

童真童乐七八年,
饥饿病痛绕身边。
死神常常擦肩过,
幸有乡亲驱病恹②。

①几个小孩玩耍时,都会乘机窃取对方的红包或其他小玩具,如小铁皮折叠铅笔刀等。
②家人及其他父老乡亲常常用草药帮助老少弱者治病和防病。

湖光静诉山溪情

波光绿水探鱼虾

静卧长龙送光芒

翠野云霄竞辉煌

"上五下五两杠横"（传统客家民居）

喜迎宾客贯八方

附文

炮竹和"年"

远古一怪史叫"年"[①],
蛰伏三百六十天[②]。
除夕当夜"子时"醒,
吞人吃兽[③]祸人间。

人心惶惶除夕夜,
如何才能驱恶"年"?
偶见魔兽怕声响,
噼啪竹爆恶年远[④]。

---

①传说远古时候有一怪兽叫"年",凶残至极。
②年一觉能睡365天。
③当到了每年最后一天的子时,年就醒来了,吞人吃畜,闹得人心惶惶。
④年听到燃烧竹子发出的噼啪声,就远远地躲开了。

又见恶年怕鲜艳，
红色火光惊魂迁[①]。
驱"年"燃竹加火焰，
安度除夕叫"过年"。

年度成为日月期，
历法成章列珍稀。
时间一段"年"为界，
史录上溯在古时[②]。

[①]年见到熊熊火光和红色火焰，即刻逃跑。
[②]阳历出现之前，中国用的是华夏祖先发明的黄历进行纪年和确定日期。原始的阳历（公历）由古埃及人创立，到了公元前46年，罗马统治者儒略·恺撒对阳历作了修改，制定儒略历。公元前8年，恺撒的侄儿奥古斯都又对儒略历作了调整，沿用至今。

硝石硫黄成"药"后[①],
燃竹变为炸声励。
卷"药"成炮弄年日,
天子布衣都趋之。

史记南朝"三元"说[②],
《春秋》"端月"起鸡鸣[③]。
"徽宗"弄炮忘深浅[④],
"武宗、熹宗"更投身[⑤]。

[①]中国古代四大发明之一的"火药"。古时炼丹者用硫黄、硝石、木炭三种物质炼丹,无意中构成了极易燃烧的药,被称为"火药"。
[②]南朝《荆楚岁时记》:"正月一日,是三元之日也。"正月初一为一年之元,一月之元,一日之元,所以称为"三元之日"。
[③]《春秋》将一月称为"端月,鸡鸣而起,先于庭前爆竹,以避山魈(xiāo)恶鬼"。
[④]认为搞艺术比当皇帝更有乐趣的北宋皇帝宋徽宗赵佶常常玩弄炮仗。
[⑤]明代武宗皇帝朱厚照、熹宗皇帝朱由校,都是放御炮的老玩家,还自封为"豹房"房长。

爆竹一声响千载,
红帜几页度万年。
辞旧迎新"三大宝",
桃符鞭炮和春联。

响炮过年成文化,
华夏典庆难离它。
传承务须安康在[①],
多彩欢乐兴中华!

[①]燃放鞭炮,是中华传统文化的千年习俗,需要规范和引导。

幸福声声入村巷

第四章

难忘青少年

寒冬破衣两三件,
冻裂直到脚后跟。
田间赶鸭收稻秆,
回家还要清牛圈①。

同屋同学有三人,
日月水火②读写勤。
煤油灯下无人管,
悄悄屋外冻"霜饼"③。

---

①牛舍或牛棚,清理牛粪牛尿,争取保持干燥。当时,牛是家里的重要财产。
②小学一年级语文课开始时,识字课为:日月水火,山石田土……
③寒冬时节,用脸盆盛水放置一绳,将水盆放在屋外,翌日起来即可提起大如脸盆的圆形冰块,方言叫"霜饼"。

少小跟随学种地，
浇水除草松土根。
家长奔忙借薯米①，
户户贫穷穷到边。

叮当叮当杂货郎②，
一担货品上百项。
针线发夹和"缩带"③，
令人垂涎是"酥糖"④。

①秋冬两季生产队分红后，人口多而劳力少工分少的家庭分粮则少，需要外借红薯稻谷度日。
②当时山村只有一个小代销点，物资奇缺。县城生意人用竹制杂货弄（长方立体分层放置小商品的有盖箩筐。里面小商品有七八十种，每种数量不会太多），挑着杂货翻山越岭，走家串户销售商品。哪里天黑住哪里，俗称"敲糖饼""杂货郎"。
③针线、简易发夹、伸缩带等。
④即麦芽糖，加入花生、芝麻等香甜可口的配料，非常好吃。

"糖饼"换取鸡内金[①],
鸡毛山货换线针。
一担杂货串百户,
"城乡交流"有"真经"。

山村也有唱歌人,
印象最深张某云。
竹板一打开腔唱,
古曲杂章多奉承。

[①]村民没有钱,可用节日留下的鸡毛、鹅毛、鸭毛、干鸡内金、废铜烂铁换一小块糖饼或一些针线发夹类的物品。

理发师傅串家门,
一月两次短发新。
年终付款常拖欠,
米谷红薯当现金[①]。

住山却是靠山无,
地瘦少收日穷途。
山中树木已"填腹"[②],
穷困小村仰天求。

[①]理发师傅固定一月两次上门理发,年终结算,大部分人没有钱,都只能给些米谷红薯以物抵债。
[②]乔木类树木已被砍光外卖,灌木芒草已成釜下之薪。

年岁逐日在增长,
助家耕种分口粮。
下午三时放学后[①],
参与劳动记工忙[②]。

彼时大队生产队,
队长分工才出勤。
效率低下歉收益,
粮薯分后更愁心。

[①]当时,上五年级到初中二年级时,每周有两三天下午三点放学,大都会参加生产队劳动。
[②]参与劳动还负责给参与人记工时,收工后交给生产队会计。

插秧一担两支签①,
凭签记分②各无争。
最盼收稻脱谷夜③,
一碗干饭熬三更④。

农时赶牛犁稻田,
闲日砍柴为炊烟⑤。
深山采药⑥药暂少,
遇见恍惚就是钱⑦。

①山区插秧,用两只畚(běn)箕盛放一定高度的秧苗即为一担,则发两小片竹签给插秧人,以此竹签为记分凭证。
②一支签记一分。
③夏秋收割时将割好的禾穗挑回生产队晒谷场,用脚踏脱谷机脱谷。当晚生产队统一吃大锅饭,每个人都希望参与脱谷,能吃一碗干饭。
④一般加班至晚上两点左右,就是为了吃上这碗干饭,还能记上不少的工分。
⑤节假日或生产队没有工作安排时,大家都会上山砍柴,农村的能源就是柴草。有时还将剩余的柴草外卖换取一些米谷油盐。
⑥例如野菊花、金银花、山苍子、山茶叶等。
⑦只要看见远处的山药,几个同伴就像见到金钱似的,就会不顾一切危险披荆斩棘飞奔而至,想把山药抢夺到手。

父兄为了老少腹①,
深山溪涧扫"石伏"②。
上游稻田搅浑水③,
障目鱼虾入"网笃"④。

千树万树梨花香⑤,
山楂形似葫芦糖。
夏秋采摘赴圩⑥卖,
百斤六角⑦送贩商。

①由于很多人都缺衣少食,营养不良。所以,年富力强的男士们都会穷尽办法弄些鱼、肉给家人改善生活。
②即"石伏鱼",是一种生长在深山溪流水中石头上的小鱼,极似小号"清道夫",对水质要求很高,喜欢匍匐在石头上觅食,肉质鲜美,营养丰富。捕获方法是左手把控篓网,右手用棕叶扎成的扁扫将石伏鱼扫入篓网。
③"石伏鱼"聪明,见人即跑,因此需在上游水田里不断搅浑田水排入山溪中。浑水里的"石伏鱼"看不见人,就会一直匍匐在石头上,等人扫进篓网里面。
④即把鱼虾扫进了篓网里面。篓网底部方言叫"网笃"。
⑤山村遍地都是山楂树和梨树,春天时节全村梨花盛放,香溢山谷。可惜,不知何因,如今梨树已消亡了99%,千树万树梨花开的景象已不复存在。
⑥集市。
⑦山梨鲜果普遍以0.6元/百斤的对价卖给贩商,且是采摘好,挑运至集市上交易。

家贫也供儿上学,
父辈辛劳有祈托。
同龄伙伴"毕业"①后,
成家立业盼丰硕。

五年小学后初中,
适逢师资有底功②。
学有小获铺基础,
助力成长一理通。

①主要指初中或高中毕业。由于农村少年上学晚,初中毕业时很多人的年龄已经达到17岁以上。
②当时把一些老师下放山村,其实这些老师功底扎实,教学水平极高,助力了我们这一批学生的成长。

初中两年①仍在村，
名师②一路护"前程"。
偶有上山采松果③，
师严勤学④才有今。

小学初中共八年⑤，
适逢学校要搬迁。
临时就读"标如"屋⑥，
一周一天建校园⑦。

①彼时小学六年级改为五年级，后又改为六年级。初中两年制，高中两年制。
②从五年级到初中二年级都是这批功底扎实的老师执教。
③每周都有半天劳动，每年秋天都要上山采摘松果无偿交给政府用于飞机航播绿化造林。
④老师严格施教，学生也很勤学。
⑤彼时小学六年制，初级中学两年制。
⑥原有小学是清代后期的"天福楼"第二代屋主，于清道光中后期建设好后给指定族人居住，不久后政府再向天福楼借用该屋改为小学，不但狭小，且已成为危房。新校未建成的一年间，临时搬迁至本村标如、炳如先生新盖的房屋里上课。
⑦学校五年级以上学生，一周安排一天参与新校舍建设。

"标如"归属大师傅①,
建房筑屋不用图。
鲁班角尺②就地定,
"桁头瓦角""织"大屋③。

新校落成要庆典,
"教办"④组织巡回演。
篮球比赛成"垫脚",
相声排名却在前。

①刘标如先生是彼时当地有名的建筑大师。
②他就凭鲁班尺、角尺等简易的传统工具,直接在现场定位放线,施工建设,无须图纸,从无差错。
③彼时客家屋面用栋梁、面梁、木板形成"桁架",并在上面叠放瓦片。技术难点在于屋面交叉转角处桁架瓦片的处置,需要保证排水通畅不漏水。
④当时叫人民公社,教育办公室是管理全公社教育的政府机构,当地人民称之为"教办"。

新校建在半山坡,
篮球落田毁青禾①。
壮汉用力抱球去,
重心一失掉"田窝"②。

初中之前多"趣事",
唯一"单车"属叔父③。
尾架绑竹刚学会④,
偷骑赶集毁把手⑤。

①学校的体育课或放学后打篮球时,篮球经常会掉落到学校下面几十米处的水稻田里,一般会压坏两三处禾苗。
②山区梯田窄而长,有的宽不及一米。有位专门调节稻田水量的村民看到篮球压坏了禾苗,怒冲冲跑去用力一抱,结果失去重心摔倒在下一丘稻田里。人们问他怎么回事呀?他说球那么大,没有想到那么轻,用力过头了,让人听了捧腹大笑。
③"单车"是自行车。叔父在邻镇中学教书,他有全村唯一的一辆自行车。
④即在车尾架上横向绑定一支约2米长的竹竿,即使摔倒也不会撞坏自行车。
⑤刚学会骑车,就偷骑叔父的自行车赶集,结果摔坏了自行车把手。

高中两年记忆深，
半周劳动学科停①。
周末挖沙铺马路②，
兼制土砖多赚"银"③。

水库建在"黄沙坑"④，
"棉中"⑤参与大会战。
除夕加班奖斤肉⑥，
新年回家母欢颜。

①高中时期一周两三天劳动，两天上课，以至于"高中毕业"后什么叫"组合排列"都一无所知。
②星期五下午放学后会和住在圩镇的同学承包公路局道班（管理当地公路的队伍）挑沙铺路面的工作。当时的公路都是沙土路面。
③挑完沙后又承接附近用稻田泥炼制用于盖房砌墙的土砖的活儿，炼制一个土砖包晾干堆放好每只赚1.5分钱。
④大概是1973年春节前，政府决定在棉洋公社黎洞大队的"黄沙坑"（一处高山峡谷的地名）地段兴建"黄沙坑水库"（当时的水库名称），动员全公社人民大会战。
⑤作者所读的棉洋中学，也组织学生参与会战。我们负责一段人工挖土、双轮手推车运泥任务。除夕当天，建设指挥部通知，只要除夕当晚仍然参加会战的人员，第二天一早每人免费奖励一斤猪肉。
⑥我们村六位同学都不约而同报名参加了除夕夜会战。接近天亮时，每人都领到了一斤猪肉。彼时想买一斤猪肉，除了无力支付7角钱外，关键是很难获取肉票。

布票肉票和粮票[①],
稳定经济助力高。
凭票购买粮肉布,
全国统筹保购销。

"三两一角"[②]成梦想,
偶附同学荤餐饱[③]。
砍柴外卖"换"学费,
一粒肉丸汤三舀[④]。

[①]彼时国家根据实际情况,对直接影响民生基础的重要物资实行票证政策,有效防止和打击了国内外反动势力囤积居奇、投机倒把、哄抬物价、破坏生产生活等恶毒行为的形成和发展,稳定了国民经济,保障了人民大众的正常生活。
[②]政府机构和企事业单位,每顿饭的标准几乎都是3两米饭,1角钱荤素菜,用餐人要支付3两饭票,或支付3两米票另加1角钱,民间戏称"三两一角"。
[③]有时会跟随父母在政府机构上班的同学,借口看望其父母而混上一顿"三两一角"。
[④]偶尔在街边购买一粒肉丸,会计要两三碗肉丸汤(舀3勺),荤甜可口,美味悠长。

回想毕业那一年，
合照需要五角钱。
父叔尽力凑不够，
悲伤无奈泪湿颜。

欢乐幼苗沐阳光

励志奖学育栋梁

闲田静待车马远

第五章
务农在山村

公元一九七四年,
高中"毕业"离校园。
期望"吃谷变吃米"[①],
心不安分多竞争。

时有学生交"白卷"[②],
唯考离乡路不见。
梦想奔赴新世界,
求神拜佛祈向前。

① 地方口头禅:吃谷的指农民,吃米的指非农户口。
② 那时放松了教学考试检测的执行和管理。

推荐大学[①]本无望,
招聘"社青"[②]远如天。
一担"火炭"求入职,
炭去钱空父子冤。

火炭一担五角钱,
父亲赊账半年还。
炭去事空垂头日,
深嵌心中父之叹!

[①]彼时不用高考,通过推荐才能上大学,被推荐上大学的学生民间俗称"工农兵大学生"。
[②]当时政府机构和企事业单位招聘了一些社会青年参与工作,但一样需要推荐和政审。

离山无望心渐平,
日出而作劳不停。
试学养蚕①垦荒地,
栽薯种豆②融乡情。

团支书记竞争败,
闲兼会计助理员③。
征兵有召梦想起,
输于一九七四年④。

①在室内搭建多层竹架棚,热孵蚕卵至幼蚕,用桑叶、蓖麻叶和木薯叶饲养幼蚕至结茧止,破茧取蛹,茧丝外卖。
②栽种红薯木薯,并在木薯地中间种绿豆,收成颇好。
③在家务农,兼职生产队会计助手,协助做一些工分核对和粮食分红工作。
④1974年冬征召1975年兵役,入伍愿望落空。

一年两季种田日,
　"路线教育"①进行时。
改河改沟增粮地②,
　"双龙出海"③新预期。

超额瓜果现村庄④,
不减就入"坏人"行。
几株苗秧定觉悟,
　"备战备荒广积粮"⑤。

①在春秋两季插秧种薯时节,进行社会主义路线教育工作,并督促生产。
②工作组的一项重要任务就是"抓革命,促生产",推行河道改弯取直,尽可能增加一些耕地面积。
③插秧方式的一个小改变:传统方式是大约每隔22厘米插1行秧苗,1米宽度约插5行。后改为约15厘米插2行后,隔22厘米左右再插2行,这样,1米宽度约插7行,以求增产,称为"双龙出海"。
④曾一度规定一户农家种植南瓜不能超过8丛,山梨树不能超过6棵。
⑤国家号召"深挖洞,广积粮",备战备荒为人民。

广破"四旧"立"四新",
引领觉悟知前程。
树立科学新意识,
潜移默化育新人。

时至一九七五年,
为求参军百招全。
理通"公社""工作队"①,
离乡入伍梦想圆②。

①通过驻村工作组推荐,与公社办公室、武装部、工作队负责人汇报了前一年征兵情况、自己的实际情况和要求。
②经过各方努力,终于通过了政审和体检。

回望"务农"一年多,
寒子蜕变真坎坷。
绝非怨党或怨国,
中华未涉"改革河"。

小小山村社会大,
国是民争"曲"不和。
幸有掌舵共产党,
领导全国善纠错。

回顾总结理思路,
确认科技生产力。
"解放思想"接续到,
固本宽视立新基。

科学大会春雷震,
东方雄狮醒梦辰。
党政军民齐奋搏,
蓬勃壮大一绝尘!

"红牛"入田代犁耙

巾帼弄锄胜须眉

备耕复产进行时

金谷满仓可备荒

雾绕只为露峥嵘

第六章

改革交响乐

公元一九七八年，
改革开放桎梏掀。
"三中全会"明方向[1]，
千军万马齐动员。

改革开放无先例[2]，
"摸石过河"定调基[3]。
"四个坚持"[4]成根本，
边学边改涓成渠。

[1] 1978年12月召开的中国共产党第十一届三中全会，揭开了我国改革开放的序幕，使我国进入了以改革开放和社会主义现代化建设为主要任务的历史新时期。
[2] 对于改革开放而言，什么要改革，什么能开放？没有经验，没有把握，引起了广泛争论。
[3] "摸着石头过河"是在勇敢实践中不断总结经验的一种形象说法，是改革开放三条经验："猫论""摸论""不争论"中的其中一条。"摸着石头过河"，对于大胆解放思想、积极稳妥推进改革起到了巨大的指导作用，成了在中国家喻户晓的经典话语。
[4] "四个坚持"：1. 坚持党的领导贯彻党的基本路线，不走封闭僵化的老路，坚定走中国特色社会主义道路，始终确保改革正确方向；2. 坚持解放思想、实事求是与时俱进、求真务实，一切从实际出发，总结国内成功做法，借鉴国外有益经验，勇于推进理论和实践创新；3. 坚持以人为本，尊重人民主体地位，发挥群众首创精神，紧紧依靠人民推动改革，促进人的全面发展；4. 坚持正确处理改革发展稳定关系，胆子要大、步子要稳，加强顶层设计和摸着石头过河相结合，整体推进和重点突破相促进，提高改革决策科学性，广泛凝聚共识，形成改革合力。

指引广东行先试,
开创国内新"特区"①。
深圳同期有珠海②,
滴水桶油加股市。

创新总结步不停,
改革首要先塑人。
风云激荡涤脑海,
宏伟棋局渐成形。

①深圳经济特区于1980年8月正式成立,是中国最早实行对外开放的四个经济特区之一。位于广东省的东南部沿海,东起大鹏湾边的梅沙,西至深圳湾畔的蛇口工业区,总面积327.5平方公里。
②1980年8月,在珠海设立经济特区。包括拱北、湾仔小部分地区。1983年扩大至香洲、吉大、拱北、前山、南屏、湾仔地区,1988年第二次扩大至上涌、下栅两个边防公安检查站以南的陆地和珠海市北面的淇澳岛,总面积为121平方公里。

"无工不富"工业起①,
"无商不活"商贸兴②。
"无农不稳""三农"变③,
棋盘落子步步成!

理论板块显浑浊,
姓"社"姓"资"④无边着。
小平南方⑤详视察,
"实事求是"果丰硕。

①当时政府和理论界提出"无工不富,无商不活,无农不稳"的重要论断,提高了广大人民群众的认识,统一了全党全国的行动,将工业发展引领到了康庄大道上。
②彼时商业活动还有诸多限制,无商不活论断提出后,政府做了许多改革,商业领域被激发,一直蓬勃发展至今。
③农业是命脉。党和国家领导人反复说的"手中有粮,心中不慌",一语破的。因此多年来的中央一号文件都与"三农"(农业、农村、农民)有关。
④彼时有人提出,这样发展下去社会主义会变成资本主义的担心,从而引起了一场大争论。
⑤1992年1月,改革开放的总设计师邓小平以普通党员的身份,先后赴武昌、深圳、珠海和上海视察,沿途发表了重要谈话,是把改革开放和现代化建设推向新阶段的又一个解放思想、实事求是的宣言书。

"两手"都抓两手硬,
发展才是硬道理①!
能抓老鼠即好猫②,
先富带穷③要坚持。

话回小村无差异,
"公社"变镇队变区。
分田到户户成主,
各取所需无欠期④。

① 1992年1月29日,邓小平视察了以"容声冰箱"闻名遐迩的原珠江冰箱厂,当即给予肯定和鼓励,并在谈话中指出:"我们的国家一定要发展,不发展就会受人欺负,发展才是硬道理。"
② 1962年7月7日,邓小平接见共青团三届七中全会同志时,引用四川谚语"不管黄猫黑猫,只要捉住老鼠就是好猫"来表述他对恢复农业生产和包产到户的看法。
③ 改革开放提出了让一部分人先富起来,再带动大家共同富裕的发展模式。因此,才有了东南沿海地区先发展,再带动其他地区发展的渐进式战略行为。
④ 农民完全自主根据自己的需求种植农作物,从此进入"不缺粮不缺衣"时期。

食粮初足饿腹去,
不忘之前盼援余。
四川援粤薯米贵,
砖刻嘘声有"嗔语"①。

村民食饮渐富时,
离乡务工求财喜。
多为立足珠三角②,
催生"小富"好几批。

①彼时广东不少地区缺粮,需要其他省区援助,而四川援粤粮食尤为多。
②珠江三角洲,主要包括广州、深圳、珠海、佛山、东莞等地。

"洗脚上田"入工商[①],
村民转战新战场。
富余劳力源源到,
深广[②]发展著功芳。

改革乐曲响彻天,
不断试点稳在先。
党政军民一盘棋,
中央掌舵握胜券。

①从农民变成工人或其他工商业人员,彼时流行语叫"洗脚上田"。
②深圳和广州,珠江三角洲的代称。

满园欢歌向太阳

田坡绘尽新村庄

第七章

乡亲笑颜开

改革春风吹家乡,
"三自一包"①声再响。
承包范围初确定,
山林田地全一样。

按人均分"丈尺"量②,
人人兴奋耕种忙③。
互助之举突变好,
粮林收成大幅涨④。

①"三自一包",即保留自留地、自由市场,实行自负盈亏和包产到户。1961年前后试行这一制度,农民积极性被迅速激发,经济困难迅速被克服,因而得到中央肯定。改革开放后实行家庭联产承包责任制等政策,实际上就是"三自一包"政策的延续与升华。
②一种计量长度的工具,可用小竹木杆制成,自古已有。《前汉·律历志》记载:十分为寸,十寸为尺,十尺为丈,十丈为引。一丈约为3.333米。用此丈尺计算土地面积。
③村民有田有地有山林,家家户户都喜笑颜开。
④大部分村民当年就有很好的收成,从此再无因劳动工分不够而需另外赊账的"超支户",首次出现了粮有余菜有多的大好局面,一直延续至今。

家里分山超两顷,
树木间中育山珍①。
年年收获超过去,
再无赊账父宽心。

各家林地概念在,
早已无人伐木薪②。
连绵绿翠山花艳,
百鸟欢歌"原始林"③。

①种植茶树、草药等经济作物。
②大部分用上了罐装煤气。要烧柴火的,也不用砍伐森林,只捡拾断枝枯木已足够使用。
③由于森林覆盖茂密,粗木连绵,藤蔓罗布,人畜难入,原始森林也不过如此。

分田到户承包后,
种薯种豆自己定。
播种插秧自耕地①,
收成远胜"大家庭"②。

稻谷收成超半倍③,
入库杂粮④多千斤。
秋收冬藏满棚屋⑤,
余粮供畜肉蛋拼⑥。

①分田到户后,村民自主决定种植品类,基本上成了自己的土地。
②远胜于吃"大锅饭"时的生产队。
③和生产队时相比较,稻谷收成大增。
④杂粮指鲜红薯、木薯干片、玉米、花生、豆类等。
⑤一般会把干粮食放在二楼,而当地把二楼统称为"棚上"。
⑥田地分包到户后,户户增产增收,并把余粮饲养牲畜,增加了一些肉蛋类食品。

一年几周农活轻,
闲日度时无既定。
有的外出去务工,
有的陪读在圩镇①。

国家免缴"公余粮"②,
村民个个喜洋洋。
减负增收生活好,
年年有上大学堂③。

①相对富裕后,不少村民把儿女送到圩镇更好的学校读书,父母陪读。
②改革开放之前和之后的一段时间内,农民需要按一定的比例无偿上交"公粮"给国家,还要按照较小的比例向国家有偿上缴余粮,俗称"公余粮"。
③从此,小山村每年都有考上大学的学生,累计至今已有超过一百名大学生。

春风吹来足食衣，
再无缺粮欠赊时。
为民服务共产党，
感恩刻在民心里。

昏晃小村通四方

悠闲觅食不闻声

耕耘落耙鸭先知

乡音和曲唱富歌

青山幕后有"英雄"

第八章
村貌大变化

镇圩驱车回村庄,
水泥道路十里长①。
两车交会轻松过,
虽然弯绕但通畅。

道路两边"青纱帐"②,
光伏路灯路照亮。
山顶山下无差别③,
早晚村民多徜徉④。

①从圩镇到小山村的距离约5000米。
②进村公路两边山青树密,绵延不断,像山村里的"青纱帐"。
③只要有行车的道路,大多数都装上了太阳能路灯,村中心和更远的旮旯儿里、山顶上都一样。
④早上和傍晚时分,这些路上都有男女老少在散步。

如今村道全硬底①,
通车里程万米长。
安全护栏配警示②,
谷底"云霄"竞光芒③。

村屋毗邻有高矮,
多数都有小楼房。
小村汽车近百辆,
沿途不少小商贩。

①这些道路已经全部铺垫了混凝土路面。
②大部分危险的道路边缘,政府都免费安装了防护钢板围栏和警示标志。
③高山上的路灯和谷底村里的路灯,以及各家各户的门坪灯相映成趣,竞放光芒。

村委两层小矮房,
上传下达基础方。
党政栏里社情在,
乡村规划已上墙①。

小学一座三层楼,
建成全靠村自筹。
教学设备前茅列,
但愿莫负村民求②。

①指社会主义新农村的建设规划。
②指村民的期望。

截污分流两里长,
百点连通处理场。
沿河绿道在推进,
美丽乡村可畅想。

回想改革开放前,
村外泥路三尺宽[①]。
回村只有田埂道,
忽高忽小两脚酸。

[①]进出圩镇必经的洛阳村道,最宽处也只有一米多,且从屋间田头穿过,无法建成能通汽车的道路。

夫人回家探老少,
胆战心虚走山道。
徒步负装十里路,
腰酸腿疼直想号。

四十年前有一天,
"大队"组织测路线①。
如今线路彼时定,
历经十年土路延②。

①当时的大队组织勘察了两条路线,一条北线,动了几天工后停止,另一条是现在的路线。
②从初选路线开始,历经十多年才基本开通软基路模,即无混凝土路面的土村道。

乡人出资建桥梁,
群策群力路渐长。
村籍专家①同奋战,
"五桥"②连接通四方。

村内土路初成形,
乡外小道却难成③。
政府主导征拆补④,
小村公路始到镇。

①包括搭建石拱桥的木匠专家、任职县水电局的技术人员和任职镇政府的施工专家都免费参与设计和施工村内的五座桥梁。
②村内共有五座桥梁,均由本村筹资建造。
③洛阳村村道不改建的话,家乡无法"出山"连通圩镇。
④由县交通局、镇党委政府和两村联合,终于另选新址开通了一段洛阳村道。

为让道路早建成,
先后接续三代人①。
路道直通益后辈,
务须纪念前功臣②。

当年瓦屋遍小村,
还有蜗居茅草厅。
如今都住小楼里,
翻天覆地家乡新!

---

①爷辈、父辈、孙辈接续推进。
②本村村民都姓刘,已逝功臣主要有刘杏香、刘思香、刘茂香、刘秋芳、刘国芳、刘森如、刘标如、刘舜先等。

一木成材万根桩

小村绿道映蓝天

奔腾欢歌问远方

绿藤萝蔓织青山

第九章
体制定未来

国家省市县镇村,
组织架构偶合分。
党政军民核心在,
体制完整定乾坤。

党的宗旨为人民,
矢志不渝有红心。
经济民生无漏项,
县镇施政直到村[①]。

[①]改革开放以来,县委、县政府定期或不定期安排干部定点挂靠帮扶管理区或村。镇政府定期不定期派出驻村干部参与管理区工作,直接了解民情,解决民困。

施政务知民所需,
民生民诉和经济,
点滴落实秋又夏。
镇官驻村管到底①。

脱贫解困落实处,
三十五户受照顾。
复退军人保障到②,
老者补助年年有③。

①几乎每个管理区都有镇政府驻村干部。
②符合补助条件的已获得了补助。
③指每年的老人补助金,当地80~90岁的老人每年补助200元,百岁老人每月补助200元。

"先富带穷"有举措,
域外区镇定帮扶①。
经济民生文卫教,
共绘乡村新宏图。

"番禺"定点扶家乡②,
帮扶直到小村庄。
"造血"脱贫③作用大,
感谢番禺感谢党!

①珠江三角洲县镇对口帮扶粤东北山区县镇。
②笔者家乡曾属贫困县,由上级政府安排隶属广州市的番禺区定点帮扶。
③刚刚开始时没有经验,只给钱给物,俗称"输血"。后来总结了经验教训,把给钱改变为给项目或帮项目,形成产业,解决就业,带动创业,俗称"造血"。

组织体制国之魂,
成败优劣可区分。
决定未来非他法,
观史辩证求精准。

不忘初心求强国,
兵来将挡为大同。
纵横捭阖睦天下,
同一世界敢为公!

乡村发展多并进,
村貌村力大改善。
惠农举措民心喜,
"新光"[①]列入"百千万"[②]。

[①]即新光村。
[②]"百千万工程"是广东"百县千镇万村高质量发展工程",促进城乡区域协调发展的简称。

新年欢度新农村

几字可赋山村新

吉庆中华又一方

高歌盛赞新农村

第十章

青山不负人

世间合一天地人,
易学卦及精气神。
万物成灭规律在,
住山务须顺山情[①]。

大山养人有山珍[②],
草木兽虫食肴新[③]。
绿水青山金银地,
科学护育能成型[④]。

①俗话说住山靠山,靠山吃山,因此必须养山育山,培护出源源不绝的"山珍",以满足村民的需求。
②山珍种类众多,包括食用的、药用的、日用的、商用的、观赏的……成千上万种植物虫草、飞禽走兽,都能直接或间接养育村民。
③能不断提供新的食物给村民。
④需要科学护育,合理索取,才能形成稳定、长期的资源链。

植物成金千万样,
耕山种地粮满仓。
砂石出山①为建设,
泥土成砖添斤两②。

保护土木树成林,
青山花香空气新。
飞禽走兽③常光顾,
防保议题④入民心。

①为周边地区的发展运出了不少砂石到各个建设工地,人称"砂石出山"。
②历史上烧制过不少青砖青瓦供各地使用。后来也有不少地方大规模烧制用红土炼结的红砖。后经政府大规模限制留下了部分红砖厂继续生产,为国家建设添砖加瓦。
③昔日几近绝迹的喜鹊、白鹤、老鹰又大量出现,野猪、山豹、蟒蛇等野兽也常扰动村民。
④绝大多数村民都能自觉保护野生动物和森林。

爱护物种守规矩，
不伐不杀会心神。
蟒蛇显身[①]史罕见，
珍禽雀跃草木林。

"火路"[②]防火断火情，
逶迤山脊似龙身。
高山远望"群龙"舞[③]，
"群龙隔火"是"功臣"[④]。

①几十年未见过的蟒蛇出现在了山道上。
②所谓"火路"，即在一大片森林中，在一定距离内的山脊上，将二三十米内的树木砍光，植被铲光，用于隔断山火蔓延，同时形成便于灭火行动的防火带。防火带两头一般要求与其他防火带或道路、河流连接，形成防火闭环。
③登高望远时，会发现目及群山的山脊上，一条条黄白色的防火带极似蛟龙涌动，莽莽群山犹如茫茫大海，条条蛟龙出山入海，波澜壮阔，叹为观止。
④以此方式，用最原始的物理方法防火灭火，保护青山。

树高林阔映青天，
利用、保护有期盼。
靠山吃山存欠缺①，
"山林经济"②需经营。

弃耕并非村民愿，
主劳离乡是关键③。
留守老少望田叹，
田成荒野日渐变。

①即广大村民缺乏经营发展的意识、想法和能力，还有一些住山靠山"吃不了"山，村貌家貌仍然处于相对贫困的生活环境中，因此有部分村民提出了不少建议。
②指农村经济的发展模式需要展开有效运营。
③青壮年是主要劳动力，但大部分都外出务工和经商了，农村主要劳动力的大量减少，是造成弃耕的主要原因之一。

村民耕种想法多,
地瘦肥缺难结果①。
工薪肥钱足籴米②,
何必动耙又挑箩③。

昔日哗哗水冲沟④,
森林绵密今近涸⑤。
气候变化因果至?
山溪断流愁前途⑥。

①山村农田经过长时间的耕种,且几乎一年两季都是水稻,土地肥力渐失,大部分都要靠化肥维持,否则将会颗粒无收。
②籴(dí)米,当地方言。是指从外面购买大米或谷子回来。粜(tiào)米,与籴米相反,是把米或谷卖出去。
③即插秧前要耙田犁地,稻谷收成后又要用箩筐一筐一筐挑回家。
④彼时山林没有这么浓密,但每条山沟都哗哗啦啦溪流淌漾,甚至不少水田里都有泉水突涌,山窝里的蓄水池大部分都有溪水冲入。
⑤现在的森林浓密,植被覆盖率极高,然而,许多山溪已经滴水难见,有些已经完全干涸。
⑥直接影响了水稻及其他农作物的种植,成了影响山村发展的一个重要问题。

稻田缺水望断天[①],
神仙难耕无水田[②]。
绝非村民好闲手,
面对旱情难应变。

田旱草密荒势来[③],
返村民众择地开。
一年两季收稻日,
稻香山花并歌台[④]。

[①] 20年前,耕种的水稻田还有50%以上,但此后水源开始减少,只能"望天送水",加上原来五六十岁的"主力军"也逐渐步入老年行列,因此弃耕比例越来越大。
[②] 形容缺水的农田很难种植水稻。
[③] 已经长满草木的田地越来越多。
[④] 不少山村的景象是大片荒田中偶有几块耕种的稻田,成熟时节金黄的稻穗和周边的山花草木相映成趣,一片鸟语花香。

山林本是"袋中钱",
良田更是命之根。
恰逢政府矫治到①,
开始复耕在纠偏②。

近年村里有新奇,
"割禾"③始用收割机。
履带小机功能大④,
机过谷秆已分离。

① 2022年政府开始推进复耕复产工作,要求各管理区完成复耕具体任务,由村干部负责直接完成,于是村干部聘请挖掘机整治村民未能复耕的水田,复耕工作开始推进。
② 几个月后收获稻谷近千斤。
③ 收割稻谷,方言叫"割禾"。
④ 可用4吨卡车运输的收割机,直接到小山村的小面积稻田里收割稻谷,速度很快,谷秆分离干净,大幅度解放了村民的劳动力。

绿水青山是真金,
爱山山知会有情。
人地互容须相向,
青山不老不负人!

悠悠青绿金银地

"火龙"断火护村庄

笑看风云江山秀

第十一章

生活今非昔

改革开放变化大,
政策甘霖润万家。
"脸朝黄土"已远去①,
不再累至夕阳下②。

昔日天亮浇私地,
为收薯菜③填腹饥。
队里劳动收工后,
私活干到黑夜止④。

---

①农民靠手工耕种,使用锄头犁耙,都要弯腰劳作,村民自嘲:"脸朝黄土背朝天,入春干到过新年。"但分田到户后,农作物耕种各家自主,时间短、速度快、收益高,犁田拖拉机,"割禾"脱谷机,有的用上了收割机,大幅节省了劳动量。
②太阳落山,甚至天黑后。
③种点红薯、蔬菜、瓜果类作物补充食物。
④一般都是干到天黑后一段时间才能收工。

日出忙至夜幕下,
收成仍少难持家。
有空进山觅山宝①,
四季为食身多垮②。

摸早贪黑都为家,
文化不知是个啥。
一年次把放电影③,
谈论几年④不奇葩。

①当时大家都会上山寻觅有价值的"山货"用于补充家用。
②因为繁重的体力劳动、巨大的生活压力,大部分家长们都积劳成疾。
③山村里最有意义的文化活动,莫过于一年一到两次的电影放映。县电影队会轮流安排到各大队"放电影"。
④看过一次的电影,特别是军事题材的,村里小孩都会谈论几年时间。笔者清楚记得,读小学三年级时看了《上甘岭》和《智取威虎山》后,一直到初中毕业,几个同龄人仍在争论不休,但都对战斗英雄们崇拜不已,还用竹子仿制了爆破筒,用木板仿制了手枪和步枪。

煤油灯下"听世界"[①],
唯有一位"老学派"[②]。
海瑞、包公、薛仁贵[③],
令人赞服心里快!

一斤大米六天粮[④],
加点红薯[⑤]填饥荒。
两年高中毕业日,
百斤少逾二百两[⑥]。

[①]经常会在昏暗的煤油灯下,听有文化的老人讲天南地北的故事。
[②]当时村里最有学问的刘南先老叔公,常常历史典故脱口而出,令人羡慕和崇敬。
[③]海瑞,今海南省海口市人。明朝嘉靖万历时期著名清官,强令贪官污吏退田还民,人称"海青天",获赠"太子太保"。包公,名包拯,今安徽省合肥市人,北宋名臣。包拯廉洁公正,铁面无私,敢替百姓伸张正义,史称"包青天"。薛仁贵,今山西省河津市人。唐朝初年投军,征战数十年,功勋卓著,留下了"三箭定天山""脱帽退万敌"等众多典故。
[④]1972年上高中时是内宿,一周五天半,只能带上1斤大米、30只红薯和一小坛3斤左右的咸菜或萝卜干。
[⑤]用陶钵蒸饭,一小把米加上两小条红薯,就是一顿"饱餐"了。
[⑥]笔者1974年高中毕业时,体重只有79斤。

山村闭塞难他求,
父老望子成龙有[①]。
无奈心余力不足,
感谢改革成"金秋"[②]。

田分村民能做主[③],
更多清闲更丰收[④]。
无须贪早或摸黑,
时间支配多自由。

[①]所有父母都望子成龙,望女成凤。
[②]改革开放后,山村发生了翻天覆地的变化,农民过上了幸福生活。
[③]分田到户后,农民对种什么、种多少、什么时候种完全有了自主权。
[④]比起在生产队吃"大锅饭"时,劳动强度低了很多,但收成却多了很多。

外出旅游青壮年,
留村老者时聚谈①。
乔牌麻将和扑克,
动手动脑度日闲。

天亮起床多晨练,
早餐粥面和肉丸②。
午后相聚"小搏杀"③,
晚饭之后叹茶缘。

①没有外出的村民,大部分都在各个小商店里品茶娱乐。
②改革开放后,由于生活改善了,家乡村民的早餐习惯变成了粥、粉、面和猪杂肉丸汤。
③不少村民午餐后自发集中到小商店里品茶娱乐。

树木密密生态林^①,
旮旯都有看护员。
经济林目^②种茶地,
"望石崬"下成茶田^③。

"新光"位处高山巅^④,
满山茶树成片连。
一村种茶四百顷^⑤,
收入远超千万元^⑥。

①生态林是指保持生态平衡,保护生物多样性等满足人类社会的生态、社会需求和可持续发展为主体功能的森林、林木和林地。
②经济林是以生产果品、食用油料、工业原料和药材为主要目的的林木,是综合开发山区、合理利用自然资源的重要措施。
③"望石崬(dōng)",地名,是新光村所在区域。
④望石崬海拔752米,在全镇范围内,新光村是地处海拔最高的村落之一。
⑤即400公顷,约为6000亩茶园。年采新鲜茶叶约120万斤。
⑥2021年,全村年总收入约1650万元。

在册户籍千二人[①],
二百三十小家庭。
户均入账超七万[②],
山村小康树典型。

小村最高"望石下"[③],
云缠雾绕出名茶。
"万福春"连"望石崇"[④],
更多好茶未赞夸[⑤]。

①2022年12月10日统计,全村1228人。
②平均每户年收入7万多元。
③望石崇高坡上的村庄地名叫"望石下",是该村海拔最高的自然村落。
④"万福春"和"望石崇"是在新光村出产的两个著名优质高山茶品牌名称,生产的富含其他微量元素茶广受好评,供不应求。
⑤还有很多非常优质,但未注册品牌的农家传统手工制作的高山富硒绿茶、富硒单枞茶,口感香滑醇甘,远销海内外。

新光全村产名茶,
彼时书记①应赞夸。
带头种茶垦荒地,
省级劳模当属他。

几乎户户小康家,
村民生活大变化。
择居"黄桥"②为子女,
生产教育两手抓③。

---

① 1984年开始任职7年支书的刘善炎,深知大山里的村民要改变,就必须住山靠山吃山,卸任村书记后不久,他毅然弃商种茶,发动并带领村民自垦自种,很快形成了茶园的规模效应和高山富硒茶的品牌效应,为全村脱贫致富作出了巨大贡献。1997年被评为"广东省劳动模范"。
②"黄桥",地名,棉洋镇政府所在地,教育医疗等配套资源比村里完善,不少人择居圩镇陪伴子女读书。
③儿女的教育和茶叶生产均不耽误,体现了农民生活改善后追求文化教育的提升。

路通车畅新农村,
小车摩托任驰奔。
羊肠山道已消失,
足食有余还衣丰。

彼时辛劳少健康,
六七十岁命属长[1]。
如今八旬翁媪多[2],
"福祉为民"[3]是良方。

[1]改革开放前,所在山村村民寿命在70岁以上的人数不多。
[2]目前,绝大多数村民寿命超过75岁,80～89岁长者64人,90～99岁长者16人,百岁长者1人。
[3]农村及村民面貌的改变,有赖于党和国家"三农"政策的推动以及各种惠农福利的贯彻落实。

爆竹震天驱"年兽"①,
烟花飞舞迎新年。
元宵"上灯"②龙狮跃,
民富村和人欢腾。

生活美好今非昔,
开放改革广受益。
彼时穷困不复在,
乡村祥和固国基③。

①传说古时的"年"是凶恶的野兽,人们燃烧竹竿发出嘣嘣的响声吓走"年",从而获得平安。
②家乡有些地方在元宵节前后一两天内,凡是上一年"添了丁"(有男婴出生)的家庭,都要到本族祠堂将灯笼挂上去,方言叫"上灯"(寓意继续添丁)。彼时锣鼓喧天,龙狮欢舞,热闹非凡。
③村民安居乐业,丰衣足食,且山绿景美,社会安宁,是国家稳定的基石。

"万福春"茶游四海

一代甘香润八方

"望石崟"下香满园

绿叶片片映蓝天

青山不老拥红妆

第十二章
人心在变化

天基地基信息区，
覆盖家乡大面积。
家国大事随口出，
村民所思多预期。

周边村民常相聚，
信息交流无差距。
如今"三观"[①]已拓展，
不限"一亩三分地"。

[①]即人生观、世界观和价值观。人生观是人们对于生存目的和意义的看法。世界观是人们对于这个世界的看法和观点。价值观是人们对所追求事物价值的取向和价值目标的追求。

谈论广泛世界事,
村民侃侃非无知:
袭击世贸"9·11",
兼有脱欧"英伦剧"①。

俄乌战争是话题,
也聊伊朗无人机。
新旧近远无不论,
今日山村非彼时。

---

① 2013年1月23日,英国前首相戴维·卡梅伦首次提及脱欧公投,2020年1月30日欧洲联盟正式批准了英国脱欧一事。

谈论中国家里事,
"扬善弃恶"同声气①。
"打虎拍蝇"②全叫好,
国家纠偏③是时期。

"三农"政策国一号④,
开年欢谈最高潮。
项目落地乐万众,
更望翌年有"新包"⑤。

①赞扬和支持好的东西,厌恶和反对丑恶的东西。
②称赞党和国家严厉打击贪污腐败的政策和行动。
③中国政府打击腐败,清除隐患,为实现中华民族伟大复兴的中国梦提供了有力保障。
④很多年以来,中央一号文件都关乎"三农"问题。"三农":农村、农民、农业。
⑤指项目包、政策包、红利包等惠民政策和项目。

农村巨变是现实,
水电齐全无缺失①。
乡道高速②连世界,
人人夸赞心自喜。

"神舟"往返民雀跃,
也聊国产大飞机③。
艇舰航母无不晓,
关心家国志不低。

①家家户户通电通水,弱电、微波、网络已覆盖山村的大部分地方。
②几乎所有村寨的主干道都能通汽车,与县道、省道、国道和高速公路衔接,实现了交通无死角。
③村民也谈论中国的 C919 大飞机。

从前只顾寒或暖①,
村政不及手臂宽②。
如今争相求进步,
家国村务谋论欢。

民心向善是主流,
和谐共处把酒酬③。
互助行为常日见,
蔚成新风需蓝图④。

①以前生活艰苦,竭力为温饱。
②当时大队事情除了生产还是生产,需问之事不多。
③现在的村民普遍都能团结友爱,筹觥交错的场景屡见不鲜。
④新形势新风尚已然出现,但未成广泛的自觉行动,因此十分需要党和政府以及广大仁人志士去呵护巩固发展这种新风尚。

个别村民视野窄,
"南柯一梦"①空想大。
众人帮扶出成效,
关心公益已有"他"。

乡村难免"房姓界"②,
施政还存"难一契"③。
相比从前多好转,
好转更须再补计。

①话说古时有人睡于槐树下,梦到自己到了大槐安国,娶公主,任太守,享尽荣华富贵,后遭疑忌被遣还乡,醒后发现大槐安国是槐树下的蚁穴。比喻人生如梦,富贵得失无常。
②农村大多由几姓人,或一姓人中的几个房系组成,存在天然的"小群体",小群体中不同利益的竞争,是农村主要的矛盾根源。
③不同姓氏或不同房系进入村"两委"班子成员,有时候会出现一些不能协调一致的问题。

小村也有富或穷,
友爱相处无裂缝①。
弱者常获济援款②,
互助能成弟和兄③。

生活质量要提升,
衣食住行是真金。
群策群力齐行动,
才有和谐新景情。

①现在的乡村有很多互助活动,弱势群体得到关怀和实际帮助,出现了令人深受鼓舞的融和欢乐景象。
②政府发放的低保补助金以及常有回乡村民给他们"红包"或慰问金。
③对弱势群体提供帮助后,他们都会感恩戴德。这些被帮助过的村民也更愿意帮助其他村民。

今日民心非曩时,
耳濡目染天下知。
亲民更爱党和国,
俯身人民应求是。

民心向背归天道,
村民诉求不算高。
暖饱陋居和杂事,
期冀公仆润心到[①]。

[①]党政干部怀着为人民服务的公仆之心,努力为乡村建设和为村民服务尽最大努力。

祖国在变民心变,
村睦民和欢声连。
谈天说地家国事,
胸怀大局超从前。

党政时事爱评论,
村规民俗多善言。
劝善从流新风起,
心系乡梓换新颜。

白云深处谱籁音

远山风车问苍穹

太空来电拥阳光

第十三章

人文在变化

人心映照家国人,
冷暖折射精气神。
点点行为皆歌谱,
新风尽塑家乡新!

蓝天苍穹彩云飘,
风和树静百鸟吵。
丽日炽热送豪迈,
星月夜空更妖娆。

朗朗乾坤拥华夏,
月明日丽靠大家。
翠山绿地吞废气①,
草木不毁成氧吧②。

家乡风景能独好,
国家决策并引导。
封山育林③都遵守,
环保意识大提高。

①大面积茂密的森林吸收了大量二氧化碳,为生态环境的改善作出了极大的贡献。
②茂密的山林产生了大量负氧离子,人称自然氧吧。
③封山育林是国家长时期的政策。在特定时间段,对特定区域的山林实行封山育林,禁止进入该区域拾柴、割草、垦种,保护林木植被。

"开荒"滥挖少或无[①],
昔日"崩岗"[②]覆绿图。
水土保持[③]成共识,
如画山水植被固[④]。

山高地阔是家园,
爱山爱水爱及天。
人文缩映此其一,
由此及他待渐言。

①以前开荒种地为了补充食物,滥挖山头,满目疮痍。现在除了政府批准的以外,极少再有滥挖现象发生。
②指山体滑坡或崩塌后形成的山体惨状,山里人俗称"崩岗"。
③保护山林、爱护土地成了村民们的共同行为。
④良好的草木植物像被子一样覆盖在山地上,将如画风景固定了下来。

谈天说地再及人，
人际关系面貌新。
从前老死不往来①，
如今却常共桌饮。

房姓虽然泾渭明②，
新风吹拂一家亲。
一人有难都相助，
敢言一地能共赢。

①以前，因姓系不同或房系不同而形成的历史恩怨，有极少数老人承续前辈行为，
互不往来。但现在已经深度改变，"老死不相往来"的现象已经不复存在。
②不同姓氏之间形成的姓界之分，也有同一姓氏但不同祖先之间形成的房界之分，
现在都在向好的方向发展。

田边沟侧茅草地,
筑沟引水解他需①。
从前相争互不让,
如今成全有许期。

秋冬两季农忙时,
有些农户少劳力。
踊跃相助收和种,
合力战胜台风雨②。

①从前因为蜗居山村,信息闭塞,浑然不知世界发展情况,为争一尺草地而闹得不可开交。如今观念在逐步变好,觉悟有明显提高,很多村民能主动为邻近耕户筑渠引水,或开成通行小道,便于邻里耕作管理。
②南粤大地夏秋季节是台风暴雨多发期,经常影响夏收秋收。在这个时候,村民们都会自发帮助未收割的农户抢收、抢晒稻谷。

改革春风吹山区,
　"陈思愚想"①随风去。
各方人士来与往,
信息渐多长见识。

融合互助是大势,
敌人也有合作时。
况且朝见晚又遇,
　"鸡毛蒜皮"②何必计?

①过时的陈旧的思想观念。
②村民之间的小问题、小矛盾。

我为人人人为我[①],
互敬互助结硕果。
田头相让三尺地,
冰释前嫌渐融和。

修路架桥占地多,
贡献田地多附和[②]。
都说路通财才到,
村道终成越山河。

①具有深刻哲理的思想观念,早时曾经成为"人人为我,我为人人"的宣传口号和标语。
②改革开放后家乡决定自筹资金建设软基村公路,大部分村民不但赞同,还主动让出修路要占用的土地,很块修成了砂土路面的村道。

曾要并校①村民慌,
相聚半晌定议章②。
捐工献地祈留校③,
村娃就近有学堂④。

渐明知识是力量,
父为子女求学堂⑤。
择校择师新理念,
陪学不惜离家乡⑥。

①曾经因乡村学生减少而需要裁撤兼并学校。
②不到半天时间敲定两自然村自筹资金合建学校的约定,并立即实施,最终获得了政府的批准。
③村民让出自留田地,希望能留住学校。
④如果并校,学生每天要翻山越岭约4000米到外村上学,当时预测会有超过60名适龄儿童无法上学。
⑤现在的农村也很重视子女教育,已经有部分家长择他校而读。
⑥离开家乡陪子女到镇圩或县城上学。

尊师重教又兴起,
"教育基金"多姓立。
一姓筹资几百万[1],
学教并奖有创举。

男婚女嫁新风尚,
不似从前看嫁妆。
择偶首条是人品,
也重持家侍爹娘。

[1]家乡不少教育基金由姓氏宗族建立。虽有守旧狭隘的一面,但也有便于管理、减少矛盾的优势,也是大家普遍接受的方式。

少许酒席会宾客,
不沿旧习闹洞房。
过程简约情操浓,
一代新人新模样。

生儿育女旧平常,
彼时多子多吉祥①。
如今两胎是普遍,
但愿多育国栋梁②。

①旧时信奉多子多福,"丁壮无人欺"的旧观念。
②实际上现在的生育率偏低,期望人民多生育,多贡献。

人生寿终是常情，
彼时响"㲎"①知村民。
俗规再穷也冢木②，
百年光景会观音。

电子礼炮代响㲎③，
纸柩裹身④变灰尘。
普遍接受新"活"法。
旧陋已去新规成。

①"㲎"，是一种铸铁地炮，外包络高约30厘米，直径约9厘米，中心有一个直径约1.5厘米，15厘米深小圆洞。装入炸药用木塞敲实并封口，点燃后发出巨响。不管何时，老人仙逝时即会响㲎三声，以知天下。
②传统习俗用墓地棺木。
③现在流行用车载电子礼炮，形似小型导弹发身车，遥控"发射"，单发㲎炮，连发礼炮，无烟无害，足以以假乱真。
④现在政府推行且民众也自觉接受纸棺木入殓火化的现代理念。

为子为孙也为己,
好家好己并好人。
享受生活有追求,
不似从前认苦命。

新人新事一桩桩,
春风吹出新风尚。
少量"劣根"①仍存在,
续剔"顽疾"会变样。

①仍有一些人思想守旧,行为离群,因此也出现了一些新的问题。

山村也兴纸和墨,
题诗弄文常"对决"①。
歌颂盛世家国好,
倾情畅想再飞越。

"新疾"笼罩小孩边②,
手游电玩摧"花"恹③。
乡村童少"不甘后"④,
祈盼政府快纠偏⑤。

①常有作诗、附歌和书法交流。
②指现在的山村儿童也喜欢玩游戏,开始影响学习和健康。
③孩子是祖国的花朵,如果对游戏不加节制,会毁了不少后来人,也会影响中华民族伟大复兴目标的实现。
④差不多和城镇小孩同步玩游戏。
⑤村民都希望有关部门能立法引导小孩不要沉迷电子游戏,保护小孩健康成长。

人文在变风貌变,
守规守法换新天。
人依山水自奋进,
明年定会胜往年!

村娃就近有学堂

骄阳绘尽映山红

附录

录村民刘喜芳（现年80岁）题诗两首

天柱撑乾坤，流星映北斗，
祺安皆隆增百寿；
尖山托日月，阳光照平安，
启文长兴育英才[①]。

同德同心，奋斗不息，
共圆富强中国梦；
群策群力，开拓进取，
齐创美好新农村。

[①] 天柱山、流星村、北斗寨、祺安第（古老屋名）、皆隆排、百寿堂、尖山岗、阳光村、平安村（除屋名外均为地名），启文学校（阳光学校前身）、长兴楼嵌入联中。

纷纷莫愁前路无知己
天下谁人不识君
黄鹂鸣翠柳一行白鹭
上青天窗含西岭千秋
雪门泊东吴万里船
日暄北风吹雁雪
千里黄云白

东方幼儿园

刘素金 书

硬笔书法有传承

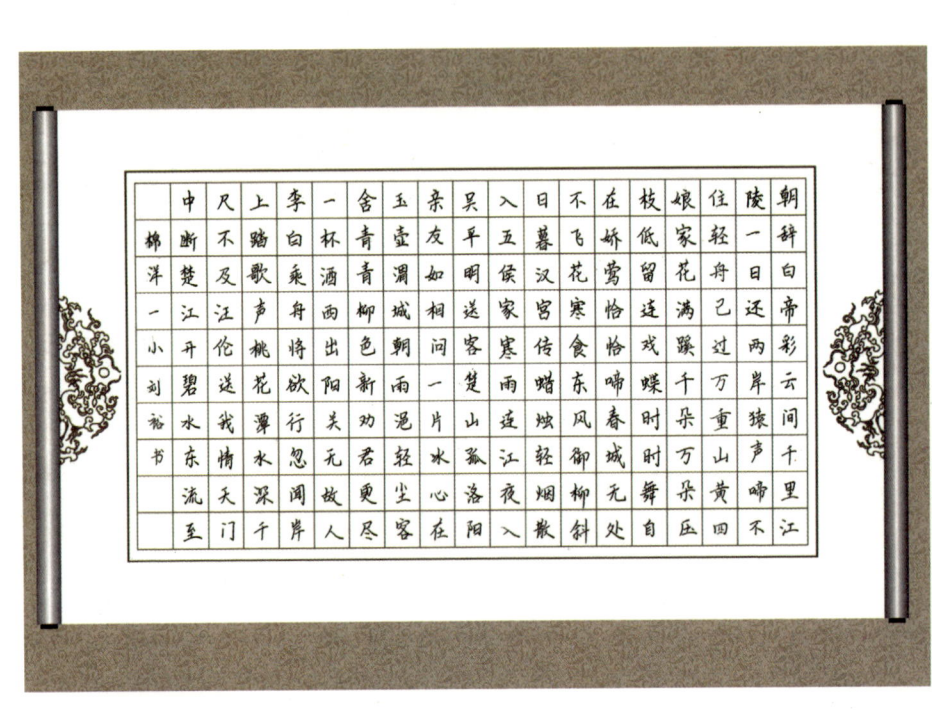

朝辞白帝彩云间千里江陵一日还两岸猿声啼不住轻舟已过万重山

娘家花满溪千朵万朵压枝低戏蝶时时舞自在娇莺恰恰啼

不飞花寒食东风御柳斜日暮汉宫传蜡烛轻烟散入五侯家

吴亲友如相问一片冰心在玉壶

青青渭城朝雨浥轻尘客舍新柳色新劝君更尽一杯酒西出阳关无故人

李白乘舟将欲行忽闻岸上踏歌声桃花潭水深千尺不及汪伦送我情

中断楚江开碧水东流至

锦洋江一小刘裕书

"自在娇莺恰恰啼"

发上等愿,结中等缘,享下等福;择高处立,就平处坐,向宽处行

上下高平任君挑

行云经纬有分明

落笔如风响竹声

第十四章
党好国永昌

华夏诞生共产党,
人民终于获解放。
GDP 雄居二号位①,
道路越走越宽广。

服务人民初心在,
掌舵目标不偏航。
建设强国尽越险,
伟大复兴度名芳!

---

①根据相关机构统计,截至 2022 年 11 月,世界各国 GDP 排名为:美国第一,中国第二。

协商民主开新途①,
党内党外一图谱②。
团结统一壮华夏,
再成世界王中狮!

封建过渡新社会,
艰苦卓绝除"余毒"③。
百废待兴谋立国,
"一大"④迈上复兴路。

①协商民主有别于资本主义的"票决民主",开辟了一条治理国家的新途径、新理念、新体系。世界普遍认为,这就是一个以民为本的优势体制。
②在执政党内,在执政党与各民主党派之间,在各党派和人民之间,在不同地区之间,国计民生都统一规划,统一目标,统一行动,协调推进。
③中华人民共和国刚成立时,满目疮痍,百废待兴,不但要建立新中国,还要不断地清除反动势力的余毒。
④1921年召开的中国共产党第一次全国代表大会。

纯党护纪防"恢"躯[①],
监党问责有"纪委"[②]。
清除腐败减"毒"素[③],
立党为公助国飞。

百年奋斗国渐强,
几代伟人筑丰功[④]。
行政框成管道顺[⑤],
国策[⑥]畅达小村中。

①指党内存在或出现的问题。
②为防党的腐败、退化和变质,成立党内监督机构"纪律检查委员会",对各级党组织和党员实行全方位监督、检查和纠错。
③坚决肃清党内违规违纪违法行为。
④包括从"一大"开始,坚信党的领导,坚定走社会主义道路的杰出的党和国家领导人,也包括努力建立新社会新制度的孙中山先生。
⑤中国的政治体制逐步形成和完善,管理体系畅通无阻。
⑥党和国家的方针政策和法规法令都能及时到达边远小村。

"五年计划"新创举①,
阶段统筹②里程碑。
周期一检一回顾③,
纠偏创新强国力。

人大政协党代会④,
各抒己见商讨时⑤。
从下到上无漏域⑥,
逐项确定抓落实⑦。

①全称为中华人民共和国国民经济和社会发展五年规划纲要。1953年开始制定第一个"五年计划"。从"十一五"起,"五年计划"改为"五年规划"。
②每个发展时期的规划统筹,都起到了承前启后、指导未来的重要作用。
③每五年总结、检查和回顾一次。
④指定期召开的全国人民代表大会、中国人民政治协商会议、中国共产党全国代表大会。
⑤展开多方位的协商讨论。
⑥国计民生,由事及人,无所不含,进行充分讨论、分析。
⑦会议通过后逐步逐条狠抓落实。

大漠深处氢弹响①，
卫星唱响"东方红"②。
一箭绕飞几万里，
"天宫"③来回已轻松。

"北斗"闪耀指方向④，
"巨龙"喷沙海潮涌⑤。
一国"高铁"快又好，
掐指全球世无双。

①1967年6月17日，在我国西北大漠上空，一架高速飞行的飞机成功抛出了一颗比原子弹威力更人的氢弹。
②1970年4月24日，我国在酒泉卫星发射中心成功发射了"东方红一号"卫星，从此，茫茫苍穹唱响了"东方红，太阳升……"
③中国航天员已能轻松往返中国"天宫"空间站。
④北斗导航卫星。
⑤天鲲号重型绞吸挖泥船，挖泥填海筑岛礁又快又好。

国家渐强民渐富,
但存差距莫糊涂。
万众一心补短板,
更强更富指日求。

家国盛昌依靠党,
人民爱党有力量。
因果互存莫偏视①,
同德同心国永昌。

①要不断维护和发展党和人民群众的良好关系。

偏僻家乡能变样,
都赞掌舵党中央。
党政为民齐奋斗,
村民也赋新理想。

醉美茶香有棉洋

小康新光树典型

美丽村庄说党恩

翁叟开怀沐华阳

第十五章

祖国再加油

高山岐岭是家乡,
风雨浸润"新思想"[①]。
"关前顾后"[②]是其一,
代代村民在成长。

偶聊华夏万年史,
石头成斧草为布。
大地做床洞为家,
筚路蓝缕是先祖。

---

①两代村民会集后,形成了广泛的话题讨论区,走出了狭隘思维。
②方言,即既要看到已经发生过的事情,又要想到今后可能出现的问题。

也聊盘古开天地,
秦皇汉武不知时①。
三国混战到宋亡,
"东拼西凑"有话题。

"变革"至今四十年②,
已经惠及四代人。
"见多识广"③村民笑,
最为关注是当今④。

①和村民聊及历史时,很多人还是缺乏历史知识,东拼西凑成了他们的话题。虽有些不准确,但极大地丰富了农村的人文交流内容,引领了村民的思想、见识和行为。
②即从1978年12月党的十一届三中全会计起,至今已达44年。
③所见所闻但不一定准确的故事。
④村民最关注目前和今后政府对农村农民的关怀帮助。

期冀国家更强大,
乡村更多富裕人。
农村医疗再改善,
社保更要顾农民。

教育资源惠及村,
儿女才有新前程。
不嫌山村贫或富,
建设祖国能投身。

农村农业和农民[①],
全力扶持注动因。
村安民和笑貌在,
国家举措暖民心。

更多心愿与期许,
但知国家仍艰巨。
不自菲薄成累赘,
听党指挥再胜利。

[①] 多年来的中央一号文件都涉及"三农"问题。

祖国强大家才好，
祝福家国更富饶。
天穹大地和深海，
引领世界是天道！

晨昏待顾说健康

田头筑起春秋梦

山边隐居小康家

青山白墙有期望

后记

家乡虽小社会大,
五颜六色如山花。
小小"镜子"全貌在,
窥斑可见豹优差。

"鸡毛蒜皮"都涉及,
也有荡气回肠时。
事大事小都是事,
说事读文谙其理。

短短历史小浪花,
家乡见闻可及他。
国家发展殊不易,
仍需万众添砖瓦。

人人都应爱家乡，
美缺长短善记量。
同心扬美和补缺，
乡梓才能更兴旺。

不为名誉不为财，
聊笔"乡史"开未来。
无数家乡显新貌，
爱国爱乡续万代！

2023 年 1 月